TÓPICOS

Tópicos
Segunda Edición
© Greity González Rivera, 2015
Colección Bovarismos
© La Pereza Ediciones, Corp
Diseño de cubierta: Eric Silva
© Sobre la primera edición:
Editorial Letras Cubanas, 2009

ISBN-13: 978-0615742380
ISBN-10: 0615742386

Impreso en Estados Unidos de América

Para más información, dirigirse a:

La Pereza Ediciones
www.laperezaediciones.com

TÓPICOS

Greity González Rivera

La Pereza Ediciones

A mi hija Carolina Bárbara

Y a mis padres en la literatura:
Katherine Mansfield y Antón Chéjov,
por supuesto.

Doce horas en la vida de una mujer muy común

7:15 am

Tengo el honor de freír los perritos más sabrosos de Cuba. Al menos, dice Jorge que le saben mejores que las salchichas de Frankfurt. Lo que pasa es que sólo pensar en despertarme hoy también a freír perros calientes y de paso, a limpiar baños y fregar platos, pues... Si pudiera quedarme un rato más durmiendo. Así fuera nada más hasta las ocho. Después de todo, hoy es domingo. Estoy segura que la mitad de las mujeres de este país están en la cama todavía. En estos momentos me encantaría pertenecer a esa mitad. Bueno, no sólo en estos momentos.

Pero Jorge siempre desayuna a las ocho en punto. O a esa hora, o nunca. Jorge, el militar frustrado. Lo que más adora en esta vida es la puntualidad. Además, él, en sus días de descanso, hace cosas mejores que comer, lo que se traduce en:

-Regar las plantas del jardín
-Arreglar el garaje
-Ver el televisor
Y por supuesto:
-Dormir

Bueno, al menos él divide su vida en dos partes: trabajo y descanso. Porque yo no sé si trabajo eternamente, o descanso eternamente. Quizás haga las dos cosas a la vez.

7: 24 am

Me dirijo hacia el baño. Arrastro los pies y bostezo largamente. Tengo un actitud de "me da lo mismo" que sé que pronto tendré que sacudirme. Como hace una semana, mientras me estoy lavando los dientes, la mitad de un ciempiés asoma por el hueco del lavamanos, y se esconde muy rápido. (¿Para qué tendrán todos los lavamanos estos huequitos?). Trato, además, de analizar si estos animalejos tienen otra cosa en su anatomía que no sea pies, pues juraría que el que se esconde aquí tiene lengua.

El asco me invade. Hace ya siete días he de soportar esta visión repugnante, sin poder hacer nada por remediarlo. No puedo echar agua caliente por el hueco porque he oído decir que eso provoca una reproducción desmesurada, y sería horrible tener entonces, en vez de ciempiés, milpiés. Tampoco puedo decírselo a Jorge, pues él piensa que todo lo que corre por las cañerías de esta casona vieja que él quiere aún hacer pasar por mansión, es perfume francés, y no seré yo quien lo saque de su idea. Lo imagino diciéndome que la única que ve bicharracos donde no los hay, soy yo. A ver, ¿por qué nunca los ve él, o los niños?

7: 33 am

Ya en la cocina, preparo las condiciones. Bajo de los estantes el azúcar, el café y la leche en polvo. Del refrigerador saco los huevos, tres guayabas y, no faltaba más, los perritos. Dentro del horno encuentro el pan. Empiezo a preparar el desayuno con toda la pompa que exige Jorge. Trato de acordarme a quién le gusta el huevo frito con la yema blandita, y de calentar la leche a la misma vez que preparo el café, a la misma vez que preparo el jugo de guayaba y a la misma vez, por supuesto, que frío los indispensables perros.

Monto la mesa con un mantelito de flores y le pongo encima todo lo necesario para que se note que somos una familia cubana funcional, como esas que salen en la televisión dramatizando programas de salud en la que todos sus miembros se alimentan adecuadamente.

Termino exhausta. Parece que corrí un maratón. Voy al cuarto de los niños. Como es lógico, ya están despiertos; y como siempre, se hallan brincando encima de las camas como dos saltamontes. No me explico cómo con tanto trabajo que paso preparando desayunos, almuerzos y comidas, estos niños no engordan ni una libra. Son dos auténticos renacuajos.

11

8:25 am

Ya en la mesa, Jorge empieza a mostrar sus primeras señales de mal humor matutino. Al ver que Jorgito, con su acostumbrada hiperactividad, derrama la leche sobre el mantel de flores, le aplica un señor cocotazo. El niño empieza a llorar, y Raulito, dos años mayor, se ríe a carcajadas, con esa crueldad característica de los infantes cuando ven a otro en desventaja.

Empiezo a molestarme. Después de todo, la que debería estar repartiendo cocotazos y de mal humor soy yo, pues ninguno de ellos tendrá que fregar los cacharros y mucho menos lavar el mantel de flores. A pesar de mi incipiente rabia, sonrío y trato de aplacar los ánimos. Estoy segura que, en estos momentos, mi cara asemeja la de una virgen pintada por Murillo.

9:02 am

Media hora desayunando es demasiado tiempo, si tenemos en cuenta que no hemos hablado nada de nada, y que mientras más nos demoremos más terrible me resulta después levantarme a fregar. A ver ahora qué preparo de almuerzo: ¿arroz-frijoles, pescado, arroz-pollo-ensalada o arroz-chícharo y huevo?

10:31am

¿Por qué Jorge me llamará gritando de esa manera?

Desde la ventana de la cocina, diviso el jardín. Está conversando con dos hombres. Cuando he separado lo que parece un kilómetro desde la cocina hasta la puerta de la casa, y he salido al portal, se acerca, ya solo, y me dice:

— Esperancita, pon dos platos más para el almuerzo. Vienen los albañiles a tirar el baño de atrás.

No. De verdad no puedo creer que tenga que soportar precisamente hoy el ruido del pico rompiendo azulejos. Después tendré que limpiar la cochambre que deja el cemento, y encima deberé hacer jugos, y café, y todas esas cosas que uno hace para que los albañiles no se sientan como esclavos.

Oigo que Jorge me dice:

— Ellos mismos van a traer los azulejos.

— ¿De qué color? ¿Cremitas?

— No, azules.

— Pero, Jorge, sabes bien que no soporto el azul. Es un color deprimente.

— Esperanza, da igual que sean verdes, amarillos, o rojos. El caso es adecentar ese baño, que parece un corral de puercos. Además, tú nunca vas a ese bañito de atrás.

Lo miro con rabia y le contesto:

13

— Pero si se arregla quiero usarlo. ¿O es que no tengo ese derecho?

Doy la vuelta y me dirijo a la cocina, el cual parece ser el lugar donde he de pasar el noventa por ciento de mi vida. Me siento como un niño que trata de rebasar en un juego de Nintendo todos los niveles posibles. En este caso, el nivel del almuerzo es más complejo que el del desayuno pero, como éste, también habré de superarlo y obtener el mejor puntaje. Por eso, a pesar de no tener delante de mí ningún objeto azul, comienzo a deprimirme.

11:15 am
Les llevo jugo de frutabomba a los albañiles, quienes se hallan, junto a Jorge, preparando la mezcla con el cemento. En realidad, Jorge hace como si los ayudase aunque sólo sabe dar órdenes inútiles. Los albañiles lo miran con cierto resentimiento, y yo también.

11:32 am
Pues allá va. Me he decidido por arroz, frijoles, croquetas de pescado y ensalada de tomate.

2:10 pm
No hay dudas. Hoy es un día muy normal, como otro cualquiera. Desde que me casé, hace ya diez años, no ha pasado un día sin que algo me salga mal en la cocina, a pesar de las horas

14

pasadas junto al famoso libro de Nitza Villapol. Es como si yo estuviese jugando un eterno papel en el que no acabo de encajar. Hoy, como casi siempre, el arroz me ha quedado empegotado y las croquetas muy bien pudieran pasar por una pasta blanda falta de sal. Por tal razón, las caras han lucido muy largas en la mesa, y los albañiles cambiaron sus miradas de resentimiento, de Jorge hacia mí.

2:16 pm
— ¿Ahora es qué usted se aparece? Déjeme decirle que por suerte tenemos una tostadora, porque hoy, por culpa suya, tuve que sacar unos panes con moho del horno y casi quemarlos para que lucieran decentes.

Desgañito un rato más, descargando mis frustraciones, cobardemente, contra el pobre panadero, un viejo medio idiota que sólo atina a mirarme con esa sonrisa falsa de todos los viejos con prótesis dental; sonrisa que, de manera inexplicable, me recuerda a mi propio matrimonio.

Finalmente, le compro el pan y le sonrío; y mi sonrisa, ahora que lo pienso, no me representa nada, lo cual es todavía más triste.

3:00 pm
Tengo que lavar un bulto enorme de ropa. Lo que no sé es si tenga fuerzas para soportar ha-

15

cerlo mientras veo cómo la casa se llena de cemento. Los niños se han encargado de esparcirlo por todos lados; a pesar de que les he gritado y les he pegado con chancletas mías y cintos de Jorge.

4:34 pm
Tocan a la puerta. Abro. Es Marisol, mi vecina. Como yo, Marisol tiene treinta años, y es evidente que pertenece a la afortunada mitad que duerme la mañana. Ostenta una interminable soltería que se trasluce en pelo y uñas cuidados hasta el extremo. Su vertiginosa vida me seduce. La diferencia entre ella y yo es notable, y no puedo evitar envidiarla un poco. Viene a pedirme prestados un par de aretes finos pues va esta noche al Cabaret Parisien.

Se marcha muy rápido, y promete venir mañana para contarme detalles. Cuando me besa en la puerta, me envuelve su caro perfume. Me quedo sola, ante la disyuntiva de si debo terminar de lavar, comenzar a hacer la comida, o tomarme entero un pomo de pastillas para dormir.

Imagino cómo debe estar Marisol ahora, tirándose de los pelos al no poder decidirse entre un vestido u otro.

Me miro ante el gran espejo del pasillo. No hace falta un concurso de belleza para asegurar que soy mucho más bonita que Marisol. Jorge pasa por detrás de mí. Me da una condescendiente nalgadita y se aleja, sin mirarme. De algo estoy segura, y es que de todas las desgracias que puedan haberme tocado vivir en esta vida, nada, hasta ahora, se compara al hecho de que Jorge y yo no nos miramos a los ojos desde hace mucho tiempo.

7:00 pm

No sé por qué, a pesar de decidirme por un plato tan sencillo como *spaguettis*, la comida ha resultado de nuevo un desastre. Jorge piensa que el sabor a crudo de los espaguetis está muy elaborado, como si yo lo hubiera hecho a propósito. Grita y me insulta.

— ¿Tú ves, amigo mío?-le dice a uno de los albañiles—. Esto da casarse con una universitaria. ¡Ocho años con sancocho!

Los niños se ríen. La rima de los ocho con sancocho les causa admiración. Hago un esfuerzo sobrehumano para no llorar, y trato de mostrar una actitud divertida; pero estoy muy, muy cansada. Llega un segundo en el que ya no puedo más.

— Permiso, voy un minutico al baño.

7:15 pm

Y en el baño me encierro, junto con el ciempiés, y lloro. Lloro mucho, como si quisiera arrancarme algo indescifrable de adentro, algo

17

que no puedo, de ninguna manera, conservar en mi interior. Sin embargo, muy pronto me seco las lágrimas; pues he encontrado una loca respuesta a mis inquietudes; la cual, no por loca, deja de ser una respuesta. He descubierto que cualquiera tiene un accidente y se corta con un azulejo, un suceso muy desagradable en la vida de una persona. Y si nos ponemos de mala suerte, quien sabe y esto se convierta en un suceso fatal.

La huida

Ella, tan cosmopolita, comprendió que la única alternativa para escapar de la tristeza, era ir al mismo corazón de las montañas. Lo que no imaginó es que allí podría encontrar una pasión aún más grande. Y entonces, ya no hallaría donde poder refugiarse.

Homenaje a Chéjov

Aleccionada por el ambiente de franca confianza y debate abierto que el profesor de literatura había facilitado en sus clases magistrales, una alumna se atreve a levantar la mano para hacer esta pregunta.

— Profe, ¿usted cree que Chéjov era machista?

El profesor, aun sin necesidad, se cala los espejuelos y responde, a su vez, con otra pregunta:

— ¿Qué le hace pensar eso?

— No sé…—titubea la alumna—. Es que hay muchos cuentos suyos que me hacen imaginarme algo así.

— Por ejemplo…

Ella ya no titubea.

— Le puedo poner varios. En muchos cuentos suyos las mujeres son infieles; y los engañados, casi siempre son los infelices médicos, a quienes pone como víctimas. Bueno, realmente esto pasa desde Madame Bovary. Aunque en este caso, me imagino que Chéjov estaba tras el telón, porque era médico, y encima de eso, su mujer se llamaba Olga.

La joven comienza nuevamente a divagar, pues el profesor la mira como si estuviese loca.

21

— En serio, profe. ¿No se ha dado cuenta que todas las mujeres infieles y antipáticas de sus cuentos se llaman Olga? Por ejemplo, en el cuento "La esposa". Una historia bellísima, por cierto. Yo digo que ese cuento es la propia vida de Chéjov, quizás modificada un poco.

— Mire, está muy bien que haga estas elucubraciones. Tiene todo el derecho, pero de ahí a que afirme que Chéjov era machista...

— Bueno, mire, he escogido muchos fragmentos de cuentos donde se ve esto. Pero para no cansarlo nada más que le voy a leer uno donde lo deja clarito. Escuche esta parte de "El drama", el cual es uno de los que más evidencia ese machismo del que le hablo.

La alumna lee.

"Pablo Vasilich, ahí está una señora que desea verle- anunció Lucas-. Hace ya una hora que le está esperando.

Pablo Vasilich acababa de comer. Al oír lo de la señora no pudo reprimir una mueca y dijo:

—¡Que se vaya al Diablo! Dile que estoy ocupado".

— ¿Se da cuenta, profe? Es verdad que lo hace muy sutilmente, pero el concepto está ahí.

— ¿No le parece que usted está hablando un poco a la ligera? Tenga en cuenta que por lo general cuando ocurren estas cosas los personajes hablan; y es regla literaria que cuando un personaje habla, el autor no se entromete.

— Eso es una trampa, profe. Chéjov acostumbra hablar por la boca de sus personajes. Siempre se nota que está ahí, de cuerpo presente. Lo que ocurre es que Chéjov es Chéjov, y puede entrometerse todo lo que desee. Pero si a mí, ya no digamos escribir; si de pronto se me ocurriera empezar a hablar mal de los hombres, y decir que son seres de mente obtusa, estoy segura que enseguida se me comenzará a tildar de feminista y de frustrada.

El profesor le lanza una sonrisita condescendiente.

— A ver, yo quiero que usted me ponga un ejemplo real, un ejemplo donde de verdad se note el entrometimiento de Chéjov. O sea, donde no hable ningún personaje, sino el propio autor.

— Fácil. Lo saqué de "El amor de un contrabajo". Oiga lo que dice, con sus propias palabras: *"Todos los que tocan los contrabajos y los trombones son hombres de limitados recursos intelectuales".*

La alumna nota que el profesor se pone muy rígido en su asiento. Y se asusta un poco, pues siente que, inexplicablemente, puede haberlo ofendido.

— Me sigue pareciendo que esto está muy traído por los pelos. Y quiero que sepa que a veces muchos de estos textos pierden con la traducción.

— Qué va. ¿Usted sabe lo que pasa? Yo creo que en general los rusos son así.

— Jovencita, ¿usted ha vivido con algún ruso?

La alumna se muestra ofendida.

— No, y ni falta que me hace.

La conferencia termina. La alumna sale del aula convencida de que su maestro es demasiado conservador y anticuado. Es una pena que nunca se entere que, a partir de esa clase, la opinión que su profesor tenía de ella bajó cerca de cien puntos porque, primero, este profesor sí que es un tipo muy, muy machista; y segundo, porque en sus ratos libres, lo que más le gusta hacer es tocar la trompeta como todo un aficionado.

Para cuando no estés

"Amo sin ver lo que en el futuro
tenga que acontecer,
dejo al sentir más puro florecer"
Pablo Milanés

"Cuando pongas un pie en la tierra prometida, no viras más. Con lo que te gusta lo bueno…"

Porque estas frases tuyas resuenan en mi mente sin descanso. Porque todavía estás, pero sé que llegará el día en que no seguirás a mi lado. Por eso te escribo, porque escribirte, pues, será mi forma de retenerte, de tratar de conseguir el milagro de que te quedes conmigo. Madame du Barry fue "la más señora de todas las putas", pero volvió. Leí en una enciclopedia que "se desconocen los motivos por los cuales regresó a Francia, aunque posiblemente lo hiciera para recuperar las joyas que le habían sido robadas". En otro libro decía que "tal vez nunca se aclare el enigma que la hizo abandonar la seguridad de Inglaterra, para retornar al caldero hirviente que era Francia, donde ya nadie podía estar seguro de su vida".

Al final, yo sé que ella retornó a su amada Francia por eso mismo, porque era su amada

Francia. Y si Madame du Barry no me fuera un personaje tan lejano en el tiempo, a través del cual yo sé que se ha disuelto mucha verdad, la admirara tanto como admiro, hoy, a todo aquel que no es como tú; a todo aquel que sabe luchar en su tierra.

¡Qué lástima que te ame tanto y no te pueda admirar! Preferiría no quererte de la forma que te quiero y sentir por ti una pasión nacida del aprecio, y de la complacencia de saber que tengo a mi lado al hombre que he soñado siempre, que no es más que el hombre que nunca renuncia a sí mismo.

"Yo sí me voy, para que lo sepas. Yo no me voy a quedar en este país de mierda, donde no hay futuro".

Dicen que uno no puede escribir sobre un tema que le toque muy de cerca, porque todo lo que resulta es una especie de "autosicoterapia" con fuertes tintes de cursilería y panfletismo. Y sé que eso es lo que me está saliendo ahora mismo; pero es que de alguna forma tengo que decirte, y es urgente que te lo diga, que a mí no me interesa que te vayas. Lo que me entristece es no ser lo más importante para ti. Nada más.

Tampoco sé por qué te digo esto. A fin de cuentas, tú tampoco pareces ser lo más importante para mí cuando prefiero quedarme con "todas estas cosas, pequeñas, silenciosas" y no seguirte en tus sueños de ser un hispano más que triunfa en Miami.

"Claro, si tuvieras que vivir en un solar y coger camello, hace rato estuvieras jineteando; pero como la niña nació en cuna de oro, pues se puede dar el lujo de ser comunista".

Pero tú también naciste en cuna de oro. Si los dos somos los niños de las cunas de oro. Aunque quizás tú tengas razón y yo pienso de esta manera porque nunca he tenido que ver la vida desde su lado más oscuro. A lo mejor tú ves más allá, y eres el niño de la visión de oro. Pero hay algo que sí sé. Y es que, al menos yo, me ofrezco el beneficio de la duda; pero tú no. Te crees poseedor de la verdad absoluta.

"Muchacha, guíate por mí, que soy el más viejo. Tu familia y la mía está completica allá. ¿Qué coño hacemos tú y yo aquí?"

Tratar de hacer nuestra familia. ¿Por qué tenemos que seguir los pasos de los demás, aunque estos pasos nos sean tan cercanos y queridos? Mis raíces representan más que la palabra familia.

"Lo que pasa es que la niña es una sentimental. Hombre, cómo no va a ser, con la barriga llena y leyendo tantas novelitas, cualquiera es un romanticón. Pero bájate de las nubes y asume la realidad de que aquí nada más quedamos tú y yo, ¿me entiendes? ¡Tú y yo nada más!".

27

Es increíble como la favorita de un rey, la *"maitresse en titre"*, fue más patriota que tú, un arquitecto forjado con la Revolución. Sí, es verdad. Forjado con la Revolución es una frase hecha y requetehecha, pero es la única que te puedo aplicar.

Quieres llegar allá, por supuesto, mediante el pájaro de hierro. Como han hecho nuestros burgueses padres, pues hasta ahora en las respectivas familias, nadie se ha atrevido en la goma de un camión. Pretendes ser el Frank Lloyd Wright cubanoamericano. Porque en este país no lo podrás ser jamás.

"No me digas que aquí puedo realizar todos mis sueños. ¿Cómo crees que voy a poder crear una Casa de la Cascada si no tenemos ni agua? A ver, ¡respóndeme!".

¡Coño! ¿Por qué no entiendes, sencillamente, que me quiero morir en Cuba, aunque sea guillotinada; o aunque esté comiendo pasteles cuando los demás no tienen pan?

"Eres una burguesa roja".

Sí, soy todo lo que dices. Soy una burguesa roja, un estúpido personaje salido de una película de Visconti, con ideas pasadas de moda, decadentes. En fin, creo que soy una joven totalmente fuera de contexto.

Y sin embargo, ¿quién sabe? Puede ser que aunque no tenga, como tú mismo dices, la razón, yo me haya convertido en tu única verdad.

Y eso sea algo que no tenga vuelta atrás, aunque nuestras vidas sigan su curso arrollador, implacable; y ninguno de los dos quiera fallar, a favor del otro.

Homenaje a Katherine Mansfield

En un bonito apartamento, con vistas a un parque todavía más hermoso, vive una señora muy estirada que en una ocasión, le dijo a mi madre que para ella *la felicidad* es subir el toldo de su balcón, todas las mañanas, y contemplar el que sin dudas, es uno de los parques más bellos de La Habana. Hace años que no le dirige la palabra a su esposo, su única compañía en el apartamento redecorado casi a diario.

Tópicos

Me llamo Elizabeth, tengo veintiocho años y soy una mujer divorciada. Mi nombre, mi edad y mi estatus social, por más que han querido ser especiales, no pasan de ser muy comunes.

Lo que más me gusta en la vida es escribir. E igual es lo mejor que puedo hacer en estos momentos en los que, como es lógico, no hallo nada mejor que hacer.

Estoy sentada ante la mesa del comedor, tratando de contar algo; para un concurso, por supuesto.

Antes... ¿debo escribir cuando era más joven o cuando era joven?

Antes, cuando tenía diecisiete años, no soportaba leer ni una novela donde la heroína pasara de veinte. Ahora, como tengo casi treinta, he adquirido lo que yo pudiera llamar de tres formas diferentes: conciencia de grupo, conciencia de género; o pura sensibilidad femenina. Lógicamente, quiero que mi protagonista (por supuesto mujer), lleve a cuestas treinta y dos años, un poco más; un poco menos. Lo cual supondría una leve variación de mí misma, ya que no quisiera que me acusaran de pasión autobiográfica.

Esto me lleva al siguiente punto. ¿Cómo lograr una narración que no revele datos de mi propia vida? Siempre que cuento algo, termino desnudándome y me lleno tanto de complejos que no encuentro dónde esconder lo escrito para que ninguno de mis familiares o amigos lo encuentre. Como si estuviese ocultando un diario personal o algo por el estilo.

¡Ah! Se me olvidaba mencionar que tengo una hija de nueve años, lo cual sí que es algo muy, muy común en cualquier Elizabeth, divorciada y con veintiocho años.

En estos momentos me demuestra su aún no naciente conciencia de grupo y pasa por mi lado, leyendo, como ya se hace habitual en su personita, "Había una vez". Frustrante, puesto que no todas las niñas son fanáticas de este libro; y con ello no hace más que recordarme que es igual a mí cuando yo tenía esa edad. O sea, mi hija tiene grandes probabilidades de repetir mis pautas. Por el momento, ya sueña con el príncipe azul, y cree que ser muy blanca y tener los pies pequeños es garantía de un futuro luminoso.

Pero volvamos a lo mío. ¿Valdrá la pena concursar? Mis posibilidades de ganar son casi nulas, pues... y sin ánimo de ofender a los miembros de los jurados que han participado en los más disímiles certámenes, ¿podría alguien explicarme si es simple casualidad, evidente superioridad de género, o una actitud burdamente sexista por parte de ellos las razones por las cuales desde hace ya mucho tiempo el ochenta por ciento de los premios sólo lo obtienen representantes del género masculino? Quizás podría escribir un cuento en el que la protagonista presente este conflicto. Y así caigo en la importantísima cuestión actual de la mujer que no quiere escribir como mujer. Por tal razón, usa un seudónimo masculino, al estilo de las hermanas Brönte. Así, de esta manera, va mi diatriba contra los centros de poder literarios, que cacarean mucho a la hora de defender el espacio femenino aunque, en el fondo (y esto incluye a varias féminas) no soportan hablar de una literatura femenina.

A todas estas, ya son las cinco de la tarde y no he escrito una línea. Mi hija me dice que tiene hambre, por lo que me dispongo a prepararle cualquier cosa en la cocina. (Las madres aspirantes a escritoras no pueden darse el lujo de ser grandes cocineras el día que están inspiradas).

Repentinamente suena el teléfono. Es mi tía Alma, que comienza a contarme, por enésima vez, sus frustraciones amorosas. Es increíble. A sus cuarenta y dos años, debería resignarse a esperar una menopausia sana y tranquila; pero no ocurre así. Todavía espera que la rescate el príncipe azul de "Había una vez". Su historia

35

debería darme pie para crear mi propia historia, pero al parecer soy muy cruel; pues su novela personal me parece en extremo patética. Trato de colgar lo más rápido que puedo. Y más rápido aún trato de preparar la comida, pues mis padres están al llegar de sus aburridos pero periódica y fielmente remunerados trabajos. Yo también tengo un trabajo de este tipo; pero, al contrario de mis padres, me resisto a enorgullecerme de ello.

¿Por qué me tiene qué pasar esto a mí? Aunque no es ninguna novedad, el vecino de abajo me grita los mismos improperios de siempre, dignos de cualquier cuento con características de marginalidad, porque el tanque del agua se me está botando. Esto, unido al hecho de que mis padres se encuentran a sólo una hora y media de criticar mi comida de "putica", así como la llamada un tanto desestabilizadora de mi tía, logran que sucumba a una realidad doméstica diaria que me embarga. O lo que es lo mismo, que me embarca.

Me siento vencida. Ahora bien. Hay algo que quiero dejar muy claro; y es que, ni soy feminista; ni esto es un alegato.

Los dos John de una Pocahontas del Caribe Insular

¡Sí, sí, sí! Ya sé que lo sabes todo. Eres un genio. Es más, tu ingenio y tu genio, que no son lo misma cosa, aunque tú creas que sí, son inigualables, incomparables.

Pero necesito que dejes de hablar. Dios mío, ¿por qué me ha dado hoy por recordar personajes femeninos de libros que he leído? Claro, estoy a punto de realizar un valeroso acto al estilo Nadia Nadiévna, la protagonista de "La novia", de Chéjov. ¿Lograré hacerlo? Él me dijo que era mi última oportunidad.

— Señorita, señorita…

—¿Siií?

— ¡Yuly, por favor! ¿Es qué no oyes?

El camarero preguntándome si ya he terminado. ¿Acaso es tonto? ¿Es que no se dio cuenta de que en el plato sólo quedaba una hojita de lechuga y como veinticinco granitos de arroz? ¿Qué otra cosa podía hacer si no sonreírle estúpidamente? No tengo ganas de hablar.

— Pues sí, Yuly. ¿Qué te parece? Dime si no soy el monstruo, el caballo de Atila. A ver, ¿qué pensaban ellos? Es que parece que no saben que a mí me dicen Johnnie Pantera.

Por supuesto, tiene que servirse un trago como para corroborar lo dicho, y mirarme directo a los ojos. De verdad parece una pantera. Siento miedo pero no le respondo, porque no puedo dejar de pensar en Nadia Nadiévna. ¿Por qué me casé con este hombre? Ay, Nadia, ¿por qué no pude ser como tú? ¿Por qué son siempre tan valerosas las heroínas de los libros, y tan cobardes las mujeres como yo?

— Yuly, tú no estás atendiendo a nada de lo que digo.

— Sí, Johnnie. Discúlpame. Es que estoy tan llena que me ha entrado hasta sueño.

— ¿Quieres que pida la cuenta y nos vayamos?

— ¡No!

Casi grito, y Johnnie se asusta. Enseguida se nota como sus nervios se tensan. No le gusta que le griten, y menos una mujer.

— No me quiero ir, Johnnie. Me encanta tu conversación.

Todo esto lo digo tan dulcemente que Johnnie sonríe, también de una forma muy dulce. Cuando ocurren cosas como esta es que pienso que él también puede tener nobles sentimientos.

— Oye, ¡qué bien te queda esa camisa! Es color azul presidente, ¿no?

Johnnie ya no sonríe. Se da cuenta que estoy nerviosa. ¿Por qué tuve que casarme con un tipo tan perspicaz? Encima de que no hice como Nadia Nadiévna, ahora resulta que la única forma que tendré de zafarme de Johnnie Pantera es, sencillamente, haciendo como Madame Bovary.

¡Qué pensamiento más horrible! Debo intentar apartarlo de mi mente. No tengo tiempo ahora para elucubrar cosas que nunca voy a hacer. Pero, ¿por qué no podría suicidarme yo? ¿Puedo encontrarle sentido a otra cosa que no sea el sin sentido de estar casada con Johnnie Pantera? Claro que no, dirían todos. Pero, ¿quiénes son todos? Por ejemplo, Ania La Cantimplora. Todos los hombres que existen en mi mundo son remedos de Johnnie Pantera y todas las mujeres, sin excepción, retratos al carbón de Ania La Cantimplora.

— ¿Esperas a alguien, Yuly? Te noto extraña.

Adivinó.

— Johnnie, ¿tú crees que es usual, mejor dicho, crees que es normal, que una pareja venga a comer a un restaurante y uno de los dos se ponga a esperar secretamente a otra persona?

Se acobarda un poco. En el fondo, él me teme más de lo que yo a él. Y por eso quizás me quiere de esa forma tan posesiva. Después de todo, no quiere perder a la única persona que le provoca un sentimiento como éste. Y, sin dudas, soy la única que se ha atrevido a provocar a Johnnie Pantera, hasta cierto punto, claro.

¿No estaba pensando en Ania La Cantimplora? Sí, por supuesto. Ania me diría: "¡¿Estás loca?! ¿Cómo vas a dejar a Johnnie? ¡El tipo con más dinero en toda La Habana! ¡Con lo que te quiere y te cuida! ¡Si hasta se casó contigo! ¿Tú crees que todos los días aparece uno que se quiera casar? Y luego, ¡con esos ojos que tiene! ¡Como de pantera! A Johnnie no le falta nada, querida. Tú no sabes lo que te envidio".

— ¿Vas a comer postre?

— No. Pide un café, por favor.

¡Virgen María! ¡Ya está ahí! ¿Ahora qué hago? Me dijo que en un lugar cómo este no me ocurriría nada malo. Sólo tengo que decir que voy al baño y escaparme por detrás. Sé que este plan es una chiquillada y lo peor, una cobardía; pero no tengo el valor de decirle a Johnnie que no quiero estar más con él.

¿Por qué no me levanto del asiento? No puede ser que haya escogido este restaurante porque tiene una salida trasera y ahora resulte que no tenga agallas para salir por ninguna puerta.

— Ahora que llegamos al cafecito, Yuly, te quiero hacer un presentico.

Mmm. Rima y todo. No se puede negar que Johnnie es imaginativo, aunque sólo sea para cosas tan tontas como esta.

Pero ahora precisamente no quisiera que me regalase nada. Desde otra mesa me miran con insistencia. Y no debo dejarme guiar por la vanidad, pues de pronto me están entrando ganas que el otro vea como Johnnie me regala lo que seguramente será alguna joya. ¡Es tan espléndido mi esposo! Es verdad que todo su dinero es producto de "negocios extraños", y que es un hijo mal nacido que no quiere trabajar para el Estado, ni quiere pagar impuestos. Y todo esto me avergüenza porque constantemente la niña viene de la escuela diciéndome que allí le preguntan donde trabaja su padrastro y ella no sabe qué contestar.

Wendy. Ya no pienso en Johnnie, ya no pienso en mi amante que está cinco mesas más allá. Los dos me parecen aves de rapiña. Los dos quieren comerme. Johnnie ya lo hace a diario, lentamente, porque hace de mí lo que quiere, y no puedo hacer nada, pues tengo que pensar en mi Wendy.

— ¡No me digas! A ver, ¿qué me tienes?

¿Por qué tuve qué sonreír tan estúpidamente y observar de reojo la otra mesa? Me está mirando ahora con ojos de loco. ¿Por qué no te convences, Yuly? Es ingeniero. Él sí trabaja para el Estado. No es un paria. Además, se

41

llama Juan Alberto y no americaniza su nombre. Está orgulloso de ser quién es; o sea, un Juan sin nada, pero con dignidad; con una seria dignidad de la que por fuerza carece Johnnie, que siempre está a la defensiva. Aunque esto quizás sea porque lo único que he sabido hacer desde un principio es tirarlo a porquería, y tratarlo como el hombre más ignorante del mundo.

Pero tengo que dejar de pensar que voy a ser juzgada a través de los hombres que tengo. ¿Qué tiene qué ver que Juan Alberto sea licenciado? Yo soy licenciada también y no voy por ahí dándome humos por eso. Es verdad que Johnnie no tiene ni un doce grado, pero mi hija y yo vivimos como reinas.

— Toma. Es una sortija. Me la vendió un cabrón del Cerro con un precio *acelerao'*, pero yo tenía que comprártela. Mira, es oro dieciocho.

¿Por qué sonrío ahora?

Será porque la sortija me encaja a la perfección, exactamente como si yo fuese la elegida de los cuentos de hadas.

¿Cómo estará Wendy?. No puedo evitar pensar ahora en mi familia. ¿Qué va a ser de ellos si yo me separo de Johnnie? Esto contando, por supuesto, con que Johnnie accediera a un divorcio amistoso, lo cual dudo. El caso es que ni yo ni ninguno de los míos sabemos vivir si no es con el maldito dinero de este hombre.

42

Y aunque soy consciente de que nadie se va a morir de hambre porque me largue ahora con el tipo de la otra mesa, sé también que ya es muy tarde para mí. Sobre todo porque, ahora que lo pienso, Nadia Nadiévna no tenía hijos.

Tengo que besar a Johnnie. Tengo que acariciar su pelo, tan rubio. ¿Por qué será que no me gustan los hombres rubios?

No quiero mirar hacia aquella mesa. Reprimo un sollozo, infructuosamente.

Al final, mi llanto es silencioso, y tan triste, que siento lástima de mí misma.
— ¿Por qué lloras, Yuly? Ni que fuera la primera vez que te regalo algo.

Es verdad. ¿Por qué lloro? Si soy la envidia de todas las de mi "círculo". Si tengo una niña tan bonita.

De nuevo viene a mi mente la preciosa Wendy, tan inocente; y todo lo que Johnnie la quiere. ¿Qué culpa tiene ella de que su padre haya rechazado a su madre, y de que ésta se haya unido a un tipo de tan baja estofa? Si al final, mi amor más puro, probablemente el único, fue el padre de Wendy, ¿qué razón hay para que ahora yo me ilusione con cualquier otro?

Quienquiera que sea no me va a querer con la misma pasión con la que me quiere Johnnie, con ese ardor con el que sólo saben querer los hombres que han tenido que vender su alma al diablo por unos dólares de más.

Sigo llorando. Miro cinco mesas más allá de la mía. Ya no está. Es lógico. ¿Qué pensaba yo, a ver? ¿Qué se iba a quedar mirando la causa por la cuál él no tendrá jamás ninguna oportunidad?

— Johnnie, por favor, vámonos. Estoy cansada. Esta sortija es bellísima. Gracias, y no por la sortija, sino porque constantemente me demuestras, de mil maneras, que me quieres; y tú no podrás imaginarte nunca lo que a mí me sostiene tu amor.

Le hablo muy bajito. Eso, por supuesto, le encanta; y aunque por dentro yo estoy rabiando de tristeza, sintiéndome sin derecho a nada, estoy contenta. Sé que es raro experimentar estos dos sentimientos a la vez; pero es así como me siento, pues sucede que lo noto a él satisfecho. Y si es él quien construye mi bienestar y el de mi familia, aquí nadie más tiene que ser feliz, excepto Johnnie Pantera.

Espectáculo en tres actos

"Tres cosas tiene La Habana
que causan admiración
Son el Morro, la Cabaña
Y la araña de Tacón"
Copla popular

Acto 1

Qué rico es venir al ballet; y más lo es ver una función en este teatro, con sus butacas tan rojas, la verdad un poco gastaditas, pero de terciopelo al fin y al cabo. ¿Serán terciopelo o gamuza? Y esa lámpara es imponente. ¿No es en "El fantasma de la ópera" donde a alguien le cae un lamparón así en la cabeza? *La cabroná del siglo esa mancha de sabrá el diablo qué en el techo del carro. Esto me pasa por guardar un hierro acabado de pintar con tricapa en un parqueo colectivo. Me siento como si hubiese tirado en el inodoro los trescientos fulas que me costó la pintura, y después hubiese descargado la taza. Ya no voy a poder disfrutar el show con tranquilidad.* Qué lindos los dibujos del techo. Si yo, de pronto, me encontrase en un prado así, tan verde, tirada en él, con un vestido de gasa

45

transparente, como esas ninfas. Sería un espectáculo impactante. *Al chino en cuanto lo agarre lo voy a impactar contra el primer poste que vea. Atreverse a deberme quince fulas y encima querer hacerse el cabrón.* Ay, qué emoción. Ya va a empezar.

Acto 2

Mira, papi, qué diseño de escenografía y de vestuario tan cuidados. *Sí, cómo no. Mira a la niña como se divierte, la muy cabrona. Claro, como no fue a ella a quien le ocurrió la desgracia, vacilará la función de punta a cabo. Y qué más le da, si lo único que le interesa es que no escasee ni la gasolina ni el baro. Egoísta cómo es. Y lo fina que se hace. ¡Ay, madre mía, qué cosa más grande que le haya pasado esto al carro!* Uf, está fallando el aire acondicionado. Milagro este hombre no ha protestado, con lo caluroso que es. ¿Cómo luciría yo con un tutú? *Estaba pensando que quizás la mancha sea líquido de frenos y se quite con gasolina. Me gustaría probar ahora mismo, pero ni muerto salgo de aquí en pleno show. Tremenda pena. Del carajo soportar a estas flacas bailando una hora más, pero no me queda otro remedio. Si me voy ahora, ella se pondría bravísima y diría que soy un ridículo.*

46

Intermezzo

Lo que más me gusta de todo esto es que puedo ponerme mis vestidos más lindos y no lucir ridícula. "¿A dónde vas, papi?" *"Voy a ver una cosa ahí, en el carro. Ven conmigo".* "¿Y si suena el timbre del intermedio y estamos fuera? No nos van a dejar entrar". *"Eso no va a pasar, los intermedios son larguísimos".* ¿Qué hace este hombre? Está mirando esa mancha como si fuese la cosa más rara del mundo. "Mi amor, ¿por qué no quitas esa manchita con un trapo?". *"Mi cielo, ¿tú no ves que está extrañísima? Como si un extraterrestre la hubiera lanzado desde el espacio, porque parece un dibujo hecho con rayo láser".* "Por Dios, dame un trapo. Tú verás como se cae". *"Toma, agarra, pero me apuesto lo que sea a que no se quita".* "¿Ves, ves?". *"¡Increíble! Metiste magia".* "Magia ninguna. Era polvo, sencillamente". *"Sí, pero era un polvo azulado. Rarísimo".* "Tonto. Dale, vamos, que ya llevamos tremendo rato aquí".

Acto 3

"¿Cómo que no podemos pasar? ¡No puede ser! Yo tengo que ver la escena de Odile y el príncipe Sigfrido".
"Deja, nena, no les perrees más que tú eres muy linda para eso. Que se metan el ballet por el culo. Vamos".

47

"Esto es por tu culpa, bruto ignorante. Te metes la vida pensando en el carro. ¡Todo es el carro, el carro, el carro!"

"Hey, hey, muñeca. Control. Tú eres la jeva que me rompe el coco y todo eso, pero lo primero es lo primero, ¿okey?".

Kiki, una pequeña historia

Cuando Kiki llegó aquella mañana a limpiar la casa de Arturo y Elena, no podía haber imaginado que por primera vez en su vida iba a escuchar la voz masculina con la que siempre había soñado.

Era ya avanzada la mañana y el día se anunciaba muy caluroso. Kiki sudaba de pies a cabeza. La dueña de la casa le había exigido fregar bien las puertas y las ventanas, que abundaban por la casona en todos los tamaños imaginables. El piso de arriba se rentaba, y era aquel el que Kiki estaba limpiando a conciencia, precisamente cuando vio que del cuarto salía un hombre alto y atractivo que la saludó con un gesto muy serio, se acercó al balcón de la sala y recostándose a él, comenzó a mirar hacia la calle.

Kiki estaba acostumbrada a ver salir de los cuartos de alquiler a viejos canosos y barrigones que caminaban a paso lento y la miraban lascivamente; por lo que aquella aparición era apabullante.

"De seguro, pensó la muchacha, que vino aquí a Trinidad con una gallega vieja y ricachona".

Casi esperaba ver salir, tras el joven, a un vejestorio de pelo ralo y senos fláccidos. Sin embargo, cinco minutos más tarde, mientras más duro le daba a la escoba, vio parada a su lado a una muchacha muy joven, de aspecto petulante, que le preguntó, con voz chillona:

— ¿Tú crees que me puedas alcanzar ese vaso que está ahí?

Cuando Kiki le entregó el vaso, la joven, que aparentaba en todos sus gestos ser muy refinada y elegante, le dirigió una sonrisa forzada, y como era de suponer, no le dio las gracias. Kiki supuso que estaba molesta por algo, y aquello le intrigó. ¿Cómo era posible que una pareja joven y linda tuviese aquellas caras largas en un lugar tan paradisíaco como Trinidad? Con esa inefable grandeza que encontramos en los lugares a los que pertenecemos, para ella Trinidad era el lugar más bello sobre la tierra, y estaba convencida de que todo el que lo visitaba pensaba igual. No obstante, parecía que aquellos eran los rostros habituales, pues súbitamente Kiki sintió la voz aflautada de la muchacha:

— Bebé, ¿tú crees que podamos salir ya de una vez y por todas?

Parecía que todas sus frases las iniciaba con aquel "¿tú crees?"

— Sí, vamos, muñequita. Directo al Museo Romántico.

50

Y fue cuando oyó su voz que Kiki se enamoró. Nunca, en sus diecisiete años, había escuchado una voz como aquella, pero desde que había empezado a soñar con el príncipe azul, esa era la voz que se había imaginado tendría el hombre que un día la rescataría. Era profunda, varonil, y muy de acuerdo con la personalidad de su dueño. Kiki no podía entender cómo un hombre con esa voz de sueño podía ser el novio, o lo que fuera, de aquella mujer que, hermosa y todo, tenía voz de cotorra.

....

La verdad es que yo no acabo de entender por qué en este maldito pueblo no hay calle que uno pueda transitar en línea recta. Todo es loma para arriba y loma para abajo, y encima todas están adoquinadas. Tengo un dolor de pies que me muero. Y este tipo no para de excursionar. Desde por la mañana le estamos dando a la pata y ya he perdido la cuenta de la cantidad de agua que he tomado.

Lo que yo quisiera saber es cómo puede ser que en una ciudad tan histórica como Trinidad no haya coches de alquiler; como en La Habana, que andan por todo el casco histórico, y te dan una vuelta entera por ocho dólares. Decididamente, no van a la par con el espíritu de las personas, que se supone se quieran sentir como si estuviesen en el siglo XIX. Acabo de salir del Museo Romántico, de ver camas con dosel y palanganas de

51

porcelana, y resulta que no me dejan ni sentirme la alcaldesa de Trinidad montando un estúpido quitrín.

. . . .

Kiki trabajaba limpiando casas particulares en Trinidad desde que terminó el bachillerato. Había decidido no estudiar más y ayudar a su familia, compuesta de mamá, papá y cuatro hermanos más, todos estos menores que ella. A Kiki le gustaba la escuela, pero la situación en su casa era difícil y tampoco ella sentía que tenía una vocación para nada en especial. Pensó que limpiando dos o tres casas diarias haría buen dinero y podría hacer que en la suya todos salieran del hueco en que estaban metidos, pero ya llevaba varios meses con las manos metidas en el detergente y el dinero casi no lo veía. ¡Es que todo era urgente y necesario! Y eso que Kiki no se daba ningún gusto. Todo lo que ganaba era para su casa y para su familia. Kiki solamente se sentía cada día más cansada.

No era bonita. Era, probablemente, la mulatica más gris e insignificante de Trinidad. Pero a pesar de todo Kiki vivía soñando. Soñaba, principalmente, con hombres guapos que la enamoraban y la sacaban a ella y a su familia de la miseria. En todos sus sueños los hombres tenían aspectos distintos pero la voz siempre era la misma. Era como si ella pudiese renun-

52

ciar o cambiar cualquier elemento en sus sueños por otros; pero aquella voz era intocable.

Y por esa voz que por primera vez había
escuchado en la "vida real", y que encima venía
acompañada de un cuerpo de príncipe de cuentos de hadas, es por lo que aquella tarde Kiki
había decidido demorarse limpiando la casa de
Elena y Arturo. Sentía una especie de desasosiego interior, e ignoraba lo que perseguía. Sólo
sabía que deseaba con todas sus fuerzas volver
a ver a aquel hombre, y más que cualquier otra
cosa, volver a escuchar su voz. Era consciente
de que sólo existía, entre diez millones, una
posibilidad de que él mirase su cara una milésima de segundo. Pero, a fin de cuentas, Kiki
vivía soñando; y lo único que ella deseaba era
atesorar momentos, algo así como observar los
gestos que él haría, su forma de hablar, sus
opiniones; y después, con todo eso, ella armaría una historia personal con aquel hombre tan
alejado de ella.

....

— Llegamos, Elena! ¿Nos puede decir la hora?
Mi reloj se paró.
— ¡Cómo no, mi niño! Son las dos menos cuarto. Ya tienen el almuerzo allá arriba servido.
Está tapado y por cierto, bastante caliente.

53

Supongo que se acostarán a descansar después, ¿no?

— Sí, Elena. Estamos agotados. Hay demasiado calor en la calle.

. . . .

¡Gracias a Dios! Tengo un hambre que ya no doy más. Estoy loca por bañarme, almorzar y acostarme un rato. Más bien, estoy loca por largarme de este pueblo para siempre. Hay una suciedad tan grande y una cantidad de perros callejeros tal, que parece que estamos en Haití, donde nunca he vivido, pero donde supongo que todo será más o menos como esto.

— ¡Fernando, bebé…! ¿Qué hay si me explicas por qué razón sale este chorritín de agua de la ducha? Parece mentira que estés pagando quince dólares diarios por esto.

— No recalques tanto el "esto", Beatriz. Y hazme el favor de hablar bajito. Lo que tienes que hacer es cerrar la llave del lavamanos, que la dejaste abierta. Eso le quita presión al agua.

. . . .

Siempre tiene una respuesta para todo. No soporto a los hombres que se creen más inteligentes que una. Por eso ahora ni voy a acostarme, voy a arrancar para la calle, me voy a meter en la primera tienda que vea, y me compraré cuatro o cinco cosas con su dinero, para que no se haga el listo.

....

— Ah, ¿eres tú? Hola.

Fernando se hallaba acostado en el piso cuando sintió que tocaban a la puerta. Desde por la mañana lo atenazaba un dolor de columna que había empeorado a lo largo del día. Había tratado de disimular, pero cuando Beatriz le dijo que se iba de compras por la ciudad, aliviado, se había tirado, cuán largo era, en el suelo, algo que siempre lo calmaba durante sus crisis.

— Hola —le respondió Kiki, muy nerviosa—. Mire, tome aquí. Elena me mandó traerle dos toallas limpias.

— Gracias. ¿Cómo es que tú te llamas?

— Kiki.

— A ver si me haces un favor, Kiki. Mi esposa no es muy precavida y tengo una crisis de columna tremenda. ¿Por qué no me consigues una pastilla?

— ¿Le duele la columna? Si quiere le puedo dar un masaje. Yo se lo doy a Elena cuando está muy estresada. Ella también tiene sus crisis aunque las de ella son por vejez.

Ambos rieron.

— Perfecto. ¿Dónde me pongo?

— Siéntese en esa silla. Usted verá como se aliviará enseguida.

No sólo se alivió, sino que se sintió embargado de la misma felicidad que Kiki estaba sintiendo al poder tocarlo, como si entre los dos se hubiese de pronto establecido una química indefinible.

— ¿Sabes, Kiki?. Mañana, a esta misma hora, mi esposa tampoco estará aquí. ¿Por qué no vienes de nuevo? Te pagaré bien.

— ¡Cómo no! Estoy aquí para servirle.

— Al otro día, las sensaciones fueron en aumento y se expandieron por todo el cuerpo del joven, hasta el punto de que, volteándose, le dijo:

— Si haces el amor de la misma forma que das estos masajes, eres un peligro, Kiki.

Entonces, ocurrió lo que tenía que ocurrir. Y no fue sólo sexo. No fue, en suma, haber desflorado a la única virgen de diecisiete años de Trinidad. Sencillamente, en media hora, Fernando recibió todas las caricias que no le habían sido dadas casi nunca por parte de su musa Beatriz.

. . . .

Si él cree que yo no sé para lo que él se pierde a cada rato, está muy equivocado. Pero lo voy a joder. Él piensa que le voy a aguantar su tarro, pero se va a coger el

56

culo con la puerta. Entre cielo y tierra no hay nada oculto, y a él nada más le queda un tilín para que yo descubra quién es la piruja que se ha metido en mi camino, porque de La Habana a Trinidad hay nada más seis horas, y por ese ratico yo no voy a perder esta pelea.

....

Lo que nadie nunca imaginará, así pasen mil años, es que hoy Kiki es feliz porque, de los cuatro fines de semana del mes, hay dos en los que nunca falla la visita de su príncipe azul. Y aunque nada es perfecto; por ejemplo, por expreso deseo de él, han de verse a escondidas y, a la larga, Kiki sabe que su cuento de amor terminará en un inevitable aburrimiento por la parte masculina, nada de esto le afecta. Y qué le va a importar, si ahora, "en la vida real" ella tendrá, para siempre, su propia y muy verdadera historia de amor.

Incomunicación

— La verdad, no sé que decirte.

— Nada más tienes que decirme sí. Punto.

— No. Bueno…

— Anda, chica. Si eso es lo que yo más quiero.

— Pero hasta ayer estabas renuente.

— Me equivoqué. Perdóname.

— ¡Descarado cómo eres!

— Oye, ¿sí o no?

— Pues no.

— Ah, ¿no?

— No. Y no me jodas más. ¿Okey?

— Okey. Vete pa´l carajo, entonces.

— Okey.

Y colgaron, al unísono.

Ausente quiere decir prohibido

"Buenas tardes, compañeros. En el marco de esta reunión, el orden del día se centrará en el análisis de la compañera Marina Rodríguez Fuentes. Marina, al principio de su desempeño laboral en esta entidad, tenía un comportamiento acorde con nuestros principios. Pero últimamente, nuestra trabajadora está presentando graves problemas de ausentismo. Y lo peor es que nadie aquí sabe a qué motivo responden sus ausencias".

Estar loca por un hombre. Eso es lo mejor de la vida. Y estar aquí ahora sentada en esta estúpida reunión, mirándole la cara al tonto de Baudilio García, con sus ojillos de puerquito, sólo puedo soportarlo cuando recuerdo su cuerpo desnudo, abrazándome. Abrazándome con su torso fuerte y sus brazos musculosos.

Cuando recuerdo su cara pegada a la mía, besándome, y yo sintiendo el roce de su barba incipiente. Y todo él envolviéndome con su imagen de muchacho dulce e ingenuo, que, sin embargo, desea que lo vean como un hombre hecho y derecho, maduro, responsable, ecuánime.

¿Qué dice ahora Baudilio, el Santo Inquisidor? ¿Cómo explicarle que hay mañanas en las que es imposible para mí llegar temprano porque no podemos, ni él ni yo, encontrar la manera de separarnos, y lo único que deseamos es seguir ahí, revolcándonos entre las sábanas, por los siglos de los siglos amén?. ¿Y que a veces decidimos largarnos por ahí, para la playa, o de picnic al Parque Lenin, a hablar los dos de cosas tan intrascendentes como vitales? ¿Cómo contarle eso al Inquisidor?

Tengo cuarenta años, Baudilio, y hasta hace muy poco tiempo era una mujer reprimida y decepcionada: Conocí, hace dos meses, a un joven que tiene exactamente veintidós. Cuando él nació, yo ya era mayor de edad, y andaba de vuelta en dos o tres asuntos. ¿Qué diría Baudilio si yo le dijera que no sé quién logró conquistar a quién, y que eso no importa porque lo que de verdad interesa es que he recuperado mis ilusiones, mis ansias de ser de nuevo la mujer más feliz del mundo?

¿Qué diría Baudilio si se entera que la modosita divorciada del Departamento de Economía, a la que siempre se la encuentra leyendo o escribiendo tiernos poemas, se halla viviendo un apasionado "affaire" con alguien que jamás disfrutará de los Bonnie M en las discotecas como seguramente lo hacen él y su esposa?

¡Cuán seguro está Baudilio de su poder! Se nota en todo lo que dice y hace que no le queda otra cosa en esta vida que no sea llegar a su casa a las cinco de la tarde y comer con su esposa y sus dos hijos el mismo menú de siempre. Estoy convencida que ello le da una sensación de inigualable poderío; y por eso habla así, con el ímpetu del hombre que nunca se equivoca. Nunca podrá entender, por mucho que yo le explique, que mi felicidad es tan efímera como perenne es su rutinaria vida. Porque a pesar de todo lo que pudieran pensar, no soy ingenua y sé que mi por ciento de llegar, como diría Joaquín Sabina, al "velorio de las ilusiones", son muy altas.

Así pues, me quedo callada, y dejo que Baudilio despotrique contra mí en tercera persona, que me haga todos los señalamientos que estime conveniente, que me sancione, que me advierta que para la próxima vez voy botada. Nunca sabrá que en estos momentos yo tengo más poder que él, y estoy más que dispuesta a convertirme en una mujer vilipendiada por todos los seres humanos decentes de este mundo. Siempre que ello sea por la divina gracia de un amor proscrito.

63

Lorelei en el Latino

Cuando el teléfono sonó, Lorelei se hallaba meditando acerca de lo maravilloso que era ser la dueña absoluta de un aire acondicionado en pleno agosto en su cuarto de treinta y seis metros cuadrados, que se hallaba situado, además, y como quien no quiere las cosas, en su bellísima casa en Fontanar.

Pensaba también acerca de lo rico que era ser hijita de papá. Lorelei tenía dieciocho años y ni estudiaba ni trabajaba desde que culminara el doce grado. ¿Para qué? Si su padre vivía para ella. Todos los sábados y domingos se iba a las discotecas y a los clubes de moda con su novio. La resaca le duraba casi toda la semana. Cuando se curaba de ésta, volvía a empezar. Era muy feliz.

— Lore, esta noche vamos al Latino. ¿Qué te parece?

Asombrada, intentó asumir la invitación vía telefónica como algo natural. Después de todo, gran parte del pueblo cubano acudía al Estadio Latinoamericano todos los años. Y aquello era tan normal como que ese era el mismo pueblo que montaba camellos, hacía largas colas, y luchaba por salir adelante venciendo las dificultades cotidianas con buen humor y buena dis-

65

posición. Quizás fue por esto que, en los primeros segundos de sorpresa, Lorelei decidió que no quería ir. Ella no pertenecía a este enorme grupo.

Desde el otro extremo le llegó la voz de Rafael, con sus acostumbradas inflexiones de muchacho veinteañero y petulante, habituado a hablar con desdeñoso tono.

— Nada, Lore. Tú sabes que tenemos hospedado en casa a George, el amigo inglés de papi. Y lo invitamos al Latino a ver el juego de Santiago de Cuba contra Industriales. Hoy va a estar emocionante. Imagínate, tres a dos.

— Yo no sé nada de pelota, Rafa —respondió Lorelei—. La verdad, no quiero ir. Tampoco sé por qué quieres ir tú, y mucho menos George, que debe estar acostumbrado a ver *supershows* en los Estadios de Londres.

— Lore —y al decir su nombre, la voz de Rafael sonó, como casi siempre, exasperantemente meliflua—, si yo fuera a Inglaterra, me gustaría ver jugar a... —como no recordaba ningún equipo de baseball inglés, acudió a los primeros nombres que se le ocurrió—, a los Knickerbockers contra los Jacksonville. Y para que lo sepas, a las cinco de la tarde paso por ti. Quiero que estés lista a esa hora, y no olvides ponerte tacones. Ya sabes que no soporto los zapatos bajitos.

¿Cómo es posible que alguien piense en llevar zapatos altos al Estadio Latinoamericano, donde todo el mundo ofrece un aspecto de franca desfachatez? Lorelei, molesta, saltó de la cama con el firme propósito de vestirse para desentonar. No sólo se puso unos zapatos de tacón altísimos, sino que, además, se vistió con una blusa de lentejuelas, de esas que estaban tan de moda, y con una saya bien corta. Incluso, se encasquetó un collar muy largo, de plata mexicana, que tenía un cuarzo rosado en la punta, y que le había regalado un amigo de su padre. El resultado final le gustó tanto, que casi se creía la primera dama de México, lista para engalanar, con su finísima presencia, las gradas del Latino.

Pero cuando llegaron al Estadio, a Lorelei comenzaron a bajársele los humos. Todo el mundo la miraba como si fuese un bicho raro, o como una prostituta muy barata que hubiese llegado del país más pobre de América Latina. Para colmo de males, George no pagó como extranjero y tuvieron que sentarse exactamente detrás de la conga, lo que en palabras de Rafael, era sentarse dentro de "la misma masa".

Por otro lado, aunque George y el padre de Rafael tenían un aspecto muy deportivo, con gorras y *pull-overs* azules que denotaban su preferencia por Industriales, el propio Rafael, según la secreta opinión de Lorelei, no podía lucir más ridículo. Como era algo corto de vista, llevaba unos espejuelos de intelectual más a propósito para lucirlos en una función de ópera que en un juego de pelota; y andaba con una especie de *walkman* pequeñita, con unos audífonos de color verde fosforescente. Todo aquello, unido a su corte de pelo de niño mimado y al hecho de que tenía la piel más lechosa de todo el Estadio, hizo que Lorelei lo mirase con un desprecio para ella imposible de explicar.

— La verdad, en mi vida he conocido gente más miserable. Con todo el dinero que tiene este hombre, bien podía haber pagado los mejores asientos de este lugar. No teníamos ninguna necesidad de mezclarnos con la plebe de esta forma tan asfixiante. Hay un calor, ¡horrible!

Y sacó el abanico en el mismo momento en que el juego comenzó, el cual fue adquiriendo para Lorelei, un cariz enloquecedor. Al principio, aquellos cuatro seres lo contemplaron como si estuviesen presenciando una carrera de caballos en un hipódromo inglés, manteniendo su compostura de burguesones fontaneros y londinenses. Industriales, desde el primer momento, comenzó a ganar. Aquella "masa" habanera no paraba de saltar, brincar, bailar con la incansable conga que no callaba, y de gritar: "¡Oye palestino y bien!". La trompeta no

68

cesaba de lanzar su Pa-Pa-Papapa. Las gradas de Santiago, por su parte, constituían para Lorelei la tierra prometida, tan silenciosas y civilizadas le parecían. En aquel momento hubiera dado cualquier cosa por saltar para aquel bando, y disfrutar un poco de paz.

Una vieja que se hallaba sentada delante de ella fumaba sin control, lo que la tenía con unos cada vez más crecientes deseos de vomitar. Aquellos cigarros le parecían los más asquerosos del mundo; y la propia vieja le causaba náuseas. Era inconcebible que una señora de edad, con más aspecto de ama de casa lista para cocinar frijoles que de otra cosa, estuviese allí, en pantalón ajustado de lycra y gritando las consignas de Industriales, con un ímpetu que bueno... ni una jovencita de dieciocho. Llegó el momento en que Lorelei no aguantó más y no encontrando qué hacer para detener tan desagradable situación, comenzó a abanicar el humo que expelía la vieja, la cual, al darse cuenta, se viró en su asiento y le increpó, molesta:

— ¿Qué te pasa? ¿Algún problema?

Lorelei, quien todavía creía hallarse en un hipódromo inglés, respondió, con gran aplomo:

— Nada, nada. Por favor, continúe.

La vieja la miró como si estuviese loca y siguió atendiendo el juego, sin parar de fumar.

69

"La masa" cada vez se excitaba más. Ya nadie veía el juego sentado. Ellos también tuvieron que ponerse en pie si no querían ahogarse dentro de tanto tumulto. Lorelei miró a los lados y vio que el inglés estaba sudoroso y con el rostro asustado, tal como si estuviese presenciando un partido en el que todos los jugadores fuesen fantasmas. El padre de Rafael estaba serio y con el ceño fruncido, como si él, y sólo él, hubiera alcanzado el mayor grado de concentración de todo el Estadio Latinoamericano; o como si el juego aquel fuese lo más importante que hubiera tenido la suerte de sucederle en meses. Lorelei sabía que en el fondo se hallaba muy incómodo, aunque fuera demasiado educado para expresarlo. Pero el rostro de Rafael sí era todo un poema. Blanco como una figura de cera del Museo Madame Thoussaud, no movía ni un músculo de su rostro. Se había quitado los espejuelos y la *walkman* brillaba ya por su ausencia. Lorelei le hizo una pregunta y no le contestó. Lucía enojado. "Estará rabioso consigo mismo", pensó la joven.

En aquel momento, le dio por elucubrar de qué forma podrían salir de ahí. Ni ahora ni después lo veía posible. Todo a su alrededor estaba inundado de seres que parecían querer tomar completa posesión de aquel lugar. Y empezó a sentir, como si se le metiese dentro

70

del cuerpo un demonio, una especie de claustrofobia. Entonces también ella se puso blanca como el papel, sudorosa y asustada. Y como también era demasiado educada para expresar todo esto, no pudo avisar que se desmayaba, irremediablemente.

Cuando volvió en sí, se encontró en una habitación pequeña, de paredes sin un color definido, y con sólo una mesa, una silla y el sofá en el que estaba acostada por adornos. Además de Rafael, el padre de éste y el inglés, vio a un hombre joven con una bata blanca, que la miraba, divertido.

— ¿Cómo te sientes? Yo soy el médico de aquí. Oye, revolucionaste el Estadio con tu desmayo.

— Claro —intervino Rafael—, si todo el pueblo le vio los *bloomers*. Con esa saya tan recorta...

El médico rió. Al parecer, encontraba aquella situación que se le había presentado muy graciosa.

— Doctor, do you think it is serious?

El médico volvió a reír. Cada vez parecía que se lo pasaba mejor. Y lo triste, según Lorelei, es que era tan cerdo que no sabía disimularlo. Ella se había recobrado de su desvanecimiento con unas ganas tremendas de llorar. Le parecía que sus tres acompañantes se hallaban felices de haber salido de todo a sus costillas, cuando estaba convencida de que si no se hubiera

71

desmayado tan oportunamente, uno de ellos lo hubiese caído más tarde o más temprano. Pero ahora era Lorelei la que tenía que ofrecer, a los ojos de todos, la imagen de una inadaptada social. Y no sabía por qué, a pesar de haber recuperado la conciencia, se sentía como si estuviese muerta.

Intercalaciones

Bastaría apenas un no quiero
para empezar de otra manera el día.
"Último round"
Julio Cortázar

Lunes

Lo sabía. Reunión plenipotenciaria de super-mamás de reparto. Y a juzgar por la manera en que están así, agrupaditas, como si fueran a jugar a la rueda-rueda, huelo fiesta de disfraces. *"Buenos días". "Buenos días, mamá de Melissa. ¿Qué tal?" "Aquí, tirando. ¿Qué se cocina hoy?" "Hablando del Día del Educador. Yo propuse fiesta de disfraces y todo el mundo estuvo de acuerdo. ¿Qué piensas tú?" "Muy bien. Disfrazaré a Melissa de Caperucita Roja".*
Estoy hasta el último pelo de las fiestas de disfraces. Ya no sé de qué voy a forrar a la chiquita. Y daría lo que fuera por saber qué tiene que ver el Día del Maestro con un disfraz. Ahora tengo que ir a casa de la gorda de los trajes y encasquetarle a Melissa una caperuza

con peste a guardado. *"¡Oye, mamá de Melissa. Recuerda el plato!"*

Claro, el plato nunca puede faltar. Como siempre, traeré tres pomos de refresco TuKola. No pensarán ellas que me voy a meter en la cocina a hacer un flan ni nada por el estilo.

Uno, dos. Uno, dos. Uno, dos. ¿Creerá esta mujer que algún día se le va a arreglar ese cuerpo de escaparate? Dios, odio el gimnasio. Vengo porque es una manera de demostrar en mi cuadra que no soy una vaga sedentaria. La gente me ve, saliendo de mi casa con ropa de hacer ejercicios y el pomo del agua, y entonces más o menos da la impresión de que tengo mente sana en cuerpo sano. Pero la verdad es que detesto sudar a la par de todo el mundo en este piso cochino. *"Madeleine, sube más, sube más, sube más. ¿A eso le llamas abdominales?"* Vete al demonio, anormal, todo lo que tienes de cuerpo te debe faltar de cerebro. *"Ay, profe, disculpe. Voy caminando. Es que...me va a caer la menstruación y no me siento bien. Chao".*

. . . .

Pudiera escribir un cuento. Al menos, pudiera escribir un cuento a lo Dorothy Parker, una autora que nunca ha leído, pero con quien, definitivamente, se sentiría muy identificada.

74

A Madeleine le gusta leer y es muy culta. Tal vez, quién sabe, algún día escriba. Aunque no le sobre mucho material, sí le sobra el tiempo para llenar las veinte cuartillas máximas generalmente establecidas para enviar una historia a un concurso. Claro, si supiera que su femenina historia tiene sólo un 0,01 % de ganar, no mandaría nada, pues es una mujer que nunca quiere perder.

Su historia estaría escrita en tercera persona, casi el único punto de vista narrativo que Madeleine acepta. Por eso perdería. El jurado de un concurso, por lo general, acata cualquier otro que no sea ese, pues es el caso que ya no abunda mucho el genio que sepa escribir como Dios. De hecho, cuando un jurado admite la tercera persona, es sólo, extrañamente, en la piel de un personaje marginal.

. . . .

Hoy es el día de organizar las gavetas del escaparate, pero están tan requeteorganizadas que mejor le meto mano al librero. *"Qué tú haces aquí todavía? ¡Son casi las diez y media de la mañana! No, no me beses. Estoy muy sudada".* ¡Maldición! Ahora tendré que prepararle el desayuno. Cuando se va temprano, libro de eso. *"¿Huevo frito o tortilla?"* *"Lo que tú quieras, mi reina. Es que me llamaron de la empresa y puedo entrar más tarde*

75

porque hoy nos vamos a reunir después de las cinco. Regresaré tardísimo, para que lo sepas" "¿Cuánto tarde?" "No sé, Madeleine. No empieces a joder que yo soy un hombre, tú no eres mi mamá y yo llego todo lo tarde que me dé la gana". Que se vaya pa'l carajo. Piensa que soy imbécil y no me doy cuenta de sus pasos de baile. *"Oye, ya que eres tan macho, levántate de la cama y vete sin desayunar, o prepárate algo tú mismo". "Eh, ¿qué te pasa?". "A mí no me pasa nada, esposo mío querido".*

Ya no voy a organizar ni pitoche. Tampoco voy a poner flores nuevas en los jarrones. *"Dime, Rafaela. No, dile que se vaya. Me da lo mismo si ya está metido en la sala. Dile que se vaya".* Que se vaya para la mismísima casa de la pinga. Ni se le ocurra que va a mantener su negocio de las flores gracias a mí. *"Tú, vete también. Te dije que no voy a preparar nada, y tampoco le diré a Rafaela que te lo prepare. Sí, pon la cara que quieras. Y diviértete hoy. Diviértete por ti y por mí".*

....

Le he sugerido que escriba un cuento porque ya no trabaja, y como es lógico, se aburre, aunque no lo admita, como le ocurre a los jurados con la aceptación de la tercera persona. Dejó de trabajar para experimentar la vida del ama de casa de reparto; a saber, la vida de la mujer acomodada que se toma el café matutino en

76

una taza de diseño *Arte en Casa*, recostada en el muro de su amplio portal, mientras contempla el movimiento de las hojas del árbol que tiene al frente. Es decir, del ama de casa que despide al marido a las ocho menos cuarto vestida con un *deshabillé* rojo y dorado, como una especie de remedo de geisha caribeña.

....

"A ti, ¿te tocaba venir hoy? Ah, ya, hoy es lunes. Okey, mira, enfócate, si puedes, en los baños y en la ventana del cuarto de Melissa. El otro día tosió rarísimo. Yo voy a la esquina. Se acabó el jabón de baño".

Para mí que esta gentuza le echa agua al ron, por mucho que diga Havana Club, cueste once con noventa y me expliquen cómo es el proceso de sellado. *"Yo no sé nada de esto, ¿sabe usted? Lo que pasa es que mi esposo me mandó aquí porque se va a reunir con unos amigos hoy en la casa. Sólo le digo que está un poco clarucho, a mi humilde entender".*

¿Por qué me mirará así, con esa cara de zorro? ¿Se habrá dado cuenta que la botella me la voy a empinar yo sola? En fin, me da igual. Ahora sólo me resta ver donde la escondo. El recurso de la esquinita del escaparate ya no me está funcionando. El otro día Laura la descubrió y le tuve que seguir el juego. La gente es muy fresca. Por nada de la vida meto yo la cabeza en el escaparate de nadie, así sea en el de una prima mía.

"No, sí, no. ¡Caperucita Roja! ¿Cómo que no tienes de Caperucita? Eso es imposible. No, no puedo volver a disfrazarla de princesa o de Barbie. Es demasiado. No, de gitana no. Las niñas disfrazadas de gitana siempre me lucen muy chusmas y vulgares. ¡De payasa menos! Ah, ¿tú ves? De Alicia en el País de las Maravillas me parece, y valga la redundancia, maravilloso. Eso te entró nuevo, ¿no? ¿Con la cinta del pelo también? ¡Increíble! Iré a buscarlo mañana.

. . . .

A Madeleine le encanta su nombre. Lo encuentra gracioso, florido y cantarín. Y sobre todo, muy francés. Por eso, le molesta que de vez en cuando alguien le diga Made. Su nombre completo le recuerda a las tartaletas adornadas con merengue y a las novelas rosas. Y no quiere renunciar a eso. Ahora bien, aunque ha comido muchas tartaletas y le han regalado un buen número de rosas, la vida de Madeleine hace mucho tiempo dejó de ser una novelita de Corín Tellado, pues el galán que le tocaba la sedujo, por última vez, hace ya ocho años, y con él tiene una hija de seis a la que le está muy agradecida porque la ha ayudado mucho a ampliar y adornar sus ritos diarios.

78

Expliquemos esto:

Madeleine ha adquirido una rutina bastante típica que presenta, a veces, ligeras variantes. Esas variantes la fastidian pues incluyen, por lo general, arreglar objetos defectuosos, por ejemplo, la olla arrocera.

Enumeremos la lista de deberes de Madeleine y demos por sentado el hecho de que todos los días lleva a su hija a la escuela y que, tres veces por semana, de nueve a diez, hace *aerobics* en el gimnasio particular de la esquina de su casa.

Lunes- Organizar gavetas de escaparates. Colocar flores de verdad en jarrones transparentes. Escuchar música. (Todo el día).

Martes- Visitar al peluquero. (Toda la tarde).

Miércoles- Ir al consultorio médico a pedir recetas para la familia. (Toda la mañana) (Consiguiente visita a la farmacia, la cual pude oscilar entre cinco, y cuarenta y cinco minutos).

Jueves- Ir a la *manicure* para arreglo de manos y pies. (De once a doce del día).

Viernes- Compras. (Todo, todo, todo el día. Madeleine siente mucho que en Cuba las tiendas no abran también de noche. De hecho, esa

79

es la única crítica suya al sistema, pues, mientras no la afecten directamente, la política, la economía y las cuestiones sociales le importan tres pitos).

Sábado- Paseo adulto por la noche con marido.

Domingo- Paseo infantil por el día con marido e hija.

....

Martes

Tralala. Me encanta venir a la peluquería. *"Hola, macho. ¿Cómo te lleva la vida? ¿Sigues sin novio?" "¡Holaaaaaaaaa, llegó mi clienta más linda! Oye, china, vas a tener que esperar un poquito. Se te adelantaron dos". "Bah, no importa. Siempre y cuando no me cojan aquí las cuatro y veinte. Ya sabes que las supermamás están ahí desde las cuatro, y si llegas un minuto tarde, te miran con cara de, ¡qué mala madre eres!". "¡Ay, Madeleine, mira que yo me río contigo. Por cierto, qué te vas a hacer? Tienes esa cabeza infernal". "No sé, no quiero cortarme de largo". "Uy, ¡qué noticia! Si tú nunca quieres cortarte de largo".*

Pues no, no me voy a cortar de largo. Ni muerta. Estos pajarracos siempre están con lo mismo. Ya yo tengo treinta y tres años y no

80

puedo darme el lujo de desmocharme a cada rato. ¿Qué están hablando estas dos viejas? ¡Ah! La diferencia entre el arroz a la chorrera y la paella. Bueno, ¿y a quién le importa eso? Claro, debería importarme a mí, que soy un ama de casa de reparto, sólo que me cuesta trabajo freír un huevo. Caigo en cama después que lo hago. Y eso no está bien, porque yo tengo una hija y un marido. *"¡Quedaste, de revista!"* *"Gracias, machi. Eres el mejor".* Al final me desmochó. Maricón.

Miércoles

Hasta urticaria cojo cuando vengo al consultorio. Setenta y cinco viejos para tomarse la presión. Siempre. *Always.* Eso no falla. Y la doctora *always*, siempre, haciéndome sentir como la loca que no quiere reconocer que está loca. Esta vez, entre el Meprobamato y el Diazepam, intercalaré Benadrilina y Dipirona. Así a lo mejor no vuelve a preguntarme para qué quiero tomar sedantes. La gente se piensa que por el solo hecho de no tener problemas de dinero, uno no necesita un tranquilizante de vez en cuando. *"Buenos días, doctora. O buenas tardes. ¿Hoy tocaba consulta de geriatría?".* No sé por qué me mira tan seria. Si era una broma. Estos médicos de familia son enfermos a hacerse los que tienen más moral que nadie.

81

Lo que soy yo, no voy más a la farmacia. Cada vez que lo hago me siento como si estuviera menopaúsica (1). Voy a pagarle un fulita a Rafaela cuando me haga falta ir y punto.

"¿Que si tengo una íntima? Sí, coge". Las mujeres que limpian en las casas siempre están con la misma cantaleta. Cuando no es un embarazo es una menstruación que cayó de pronto o un exceso de menstruación. Todas padecen del mismo mal. Deja ver si puedo encerrarme en el cuarto a darme un traguito para olvidarme del mundo un rato. Estoy un poco tristona. Necesito alegrarme.

Jueves

Betty piensa que la más antipática de todas las que vienen aquí a pintarse las uñas y a arreglarse las cejas, soy yo. Porque no hablo. Pero es que no soporto la idea de hablarle a una persona tan de cerca. ¿Y si tengo mal aliento? Yo no padezco de eso, pero nunca se sabe. Tú te das cuenta cuando hueles mal debajo de los brazos, hasta cuando tienes peste en la cabeza; pero el mal olor en la boca siempre es una cajita de sorpresas.

(1) Ante las dudas con la tilde, consulté una edición del *Aristos* de 1980, y no existe este término. ¡Increíble!

82

"¡Llegué! ¿Ya se va, Rafaela? Bueno, gracias por todo". "Madeleine, hija, ¿tú conoces a alguien que me pueda hacer un ultrasonido de riñón?" "Mmm, pues no, Rafaela, yo no conozco a ningún médico interno. Como ve, aquí todos somos muy sanos".

Dios mío, no debería haberme reído después de decir eso; y para colmo, no le pregunté detalles; o sea, cómo se siente, qué le duele. Lo que pasa es que le huyo a las enfermedades como a la misma peste. Ya sé. Cualquiera viene y me dice que a nadie le gusta estar enfermo ni ir a un hospital, aunque yo diría que hay gente a la que sí le gusta. Una vez le pregunté a una psiquiatra qué significaba esta actitud mía y me dijo que eso es porque, a pesar de ser universitaria y tener una gran inteligencia científica, tengo poca inteligencia emocional. Ufff, qué raro sabe esto hoy. Me corto la cabeza que alguien se metió aquí y le echó orine al ron por el simple gusto de joder.

. . . .

No se ha aclarado, aunque se sobreentiende, que Madeleine ni limpia ni cocina ni lava. Una mujer de su misma edad viene desde Campo Florido tres veces por semana. Es La Mujer Que Limpia.

83

Otra, treinta años mayor que Madeleine, viene todos los días desde Arroyo Naranjo. Es La Mujer Que Cocina.

LG, por supuesto, es la que lava.

Nuestra protagonista está convencida que La Mujer Que Limpia tiene una pésima opinión de ella. Y no se equivoca. En su fuero más interno, LMQL la ha catalogado como una histérica y hasta como una mal educada, indigna de su apuesto marido y de su regordeta hija. Desde su estrecha visión de mujer pueblerina, Madeleine es inmadura, vanidosa y más que nada, engreída. Pero paga bien. Y por eso LMQL la soporta. Lo que no sabe es que la dueña de la casa le paga bien pues así se evita dirigirle la palabra, excepto para lo más imprescindible.

La Mujer Que Cocina, no obstante, no opina nada. Para ella Madeleine es, simplemente, una muchacha bonita, adinerada y olorosa. La Mujer Que Cocina hace el almuerzo y la comida a la misma vez, friega y se larga. Es casi una anciana medio sorda, a sólo un paso de ser medio muda. Las privaciones de los años la han despojado de varias pasiones, entre las que se encuentra la facultad de juzgar a los demás. Por respeto, entonces, no le decimos LMQC. La nombramos por su verdadero nombre, Rafaela.

84

Viernes

"¿Usted se está riendo de mí? Míreme. Estoy cargada de bolsas. Me he metido el día comprando mierdas en esta asquerosa tienda. Tengo todo el derecho del mundo a relajar aquí en la cafetería. ¡Tráigame otra cerveza!" *"Señora, no le voy a traer más cerveza. Lo que quiero es que me dé el teléfono de su casa para que alguien la venga a buscar".* *"A mí nadie me va a venir a buscar porque yo me voy sola. Además, mira, pssst, échate para acá. Te voy a contar un secreto. A mí no me gusta la cerveza. He querido ser decente y te he pedido eso, pero la verdad, lo que yo quería era tomar Havana Club. Ahora, pssst, te voy a hacer otra pregunta, ¿qué edad tú tienes?".* *"Veinte, señora".* *"Así que veinte. Bueno, pues…te voy a hacer una pregunta más, ¿andas con hombres casados? No, no te asustes. Mi marido está andando con una de tu edad. Así que, aconséjate, no vendas más cerveza barata debajo de esta carpa de circo y búscate un tipo como mi marido. Tú vas a ver qué divertido es. Ay, madre mía, qué graciosa soy".*

Sábado

Sin lugar a dudas, no me asienta la cerveza. Tengo los ojos rojos y me parece que la cabeza me va a reventar. Para colmo, por la noche tengo que salir con este desgraciado hijo de puta. Si por mí fuera, ni me moviera de la cama. Qué pena ayer en la tienda. Gracias a Dios

85

me alcanzaron las fuerzas para arrancar el carro y soltarme de ahí. A lo mejor alguien me vio. Este país es tan chiquito. Maldita sea la hora que lo invitaron a comer a casa del gerente, precisamente hoy, el día que luzco más cabrona. Voy a meter en el congelador dos cucharitas de postre para ponérmelas en los ojos. Dicen que eso refresca la mirada. *"¿Qué tú quieres, nena? No, no. Mamá no puede jugar ahora. Le duele la cabeza. Sí, preciosa, sé que siempre te digo lo mismo, pero imagínate, mamá padece de migraña. Mira, juega sola. Eso desarrolla la imaginación. Agatha Christie dijo en su autobiografía que jugar sola de niña desplegó su capacidad para crear sus historias de asesinatos. Olvídate de quién es esa. Ya te enterarás en un futuro".* Sí, ya te enterarás de eso y de mil cosas más de las que ni quisieras haberte enterado nunca.

"Laritza, yo no me atrevo a recomendarte ninguna. Por mi casa han pasado ya como cinco. Esta que tengo ahora, más o menos te la recomendaría. Su único problema es ser algo bocona. Terrible, sí. Dificilísimo encontrar a una mujer honesta que limpie bien".

Qué descarada Laritza. Cada vez que la veo me sopla la misma historia, que le hace falta alguien para que le limpie la casa pero que no encuentra a nadie que sirva, y por eso todo lo hace ella. Como si yo no me diera cuenta que es una tacaña de primera categoría, a pesar de ser la esposa del gerente principal. Además, ella

86

dirá qué total, qué fondillo parado ni qué tetas bonitas se va a cuidar, si está aplastada por delante y por detrás; y tiene las manos con todas las venas afuera, los dedos huesudos y las uñas de tramo corto. Si yo fuera ella, me diera lo mismo poner todos los días la olla de presión para hacer frijoles. Pero las mujeres como yo se deben cuidar la figura. No pueden estarse maltratando en la cocina, y a mí que no me hagan cuento; yo sé bien que fregar aplasta el culo. *"Sí, papi. Vámonos ya".* Más me vale irme. Con esta resaca que todavía me dura no puedo echarme al gaznate ni un poco de vino tinto. *"Gracias por todo, Laritza. Hemos pasado una noche muy agradable". "De nada. Oye, Made, a ver si repiten pronto la visita. Después de todo, nosotros no vivimos tan lejos de ustedes. Además, los vimos esta semana en Varadero. Si pudieron gastarse treinta litros de gasolina hasta allá, bien pueden gastarse tres hasta aquí". "Hace tres meses que no voy a Varadero, Lari, desde agosto".*

Dios mío. Me vuelvo loca. Su marido le dio un codazo. Mi marido se ha puesto pálido. Sé lo que pasó. El hijo de puta llevó a la puta veinteañera a Varadero, a pesar de los treinta litros de gasolina y a pesar de estar en pleno mes de diciembre. El marido de Laritza los vio, pero Laritza sólo pudo divisar el carro, o en todo caso, nada más vio el carro y el chófer. No al acompañante. Y el estúpido de su mari-

87

do, seguro por petición del mío, no la hizo parte del secreto. Como si todavía no estuvieran enterados de que las mujeres todo lo hablan. O tal vez piensen que Laritza es muy amiga mía y me lo iba a contar más temprano que tarde. Imbéciles. Imbéciles. Imbéciles todos. *"Y ustedes, ¿qué hacían por allá?". "Eh…nada. Fuimos a visitar a una tía mía". "¿Qué día?" "El lunes, o el martes. No recuerdo bien. Pero, ¿sabes, Made?, yo creo que no eran ustedes a quienes yo vi. ¿No es verdad, mi amor? Es que Irina y Abelardo tienen un Fiat azul igualito pero más claro. Siempre me pasa lo mismo. Soy medio daltónica".*

Ya es tarde, Laritza. No te esfuerces. Además, si supieras lo poco que me importa todo eso. Sólo me interesa saber si lograré dormir hoy.

Domingo

"¿Cómo dormiste, muñequita? Oye, ¿y esa peste a alcohol que tienes encima? Made, tu tomadera ya se está pasando de castaño oscuro. ¡Despierta, no juegues más, me estás asustando!".

Esposo mío querido, ¿por qué te preocupas? Yo sé intercalar. No soy como tú, que no sabes intercalar a la querida con la esposa, que no sabes intercalar las llegadas tardes con las llegadas tempranas, que no sabes intercalar la verdad con la mentira. Yo no. Yo intercalo

88

Diazepam con Havana Club, Meprobamato con once noventa, el Gravinol con la Bucanero, y la...

"Madeleine, mi amor, contéstame ¡No vires los ojos en blanco así! ¡Rafaela, cuida a Melissa. Vamos para el hospital! ¡Madeleine, reacciona! ¡Made! ¡Made!"

ÍNDICE

Doce horas en la vida de una mujer muy común/ 9
La huida/ 19
Homenaje a Chéjov/ 21
Para cuando no estés/ 25
Homenaje a Katherine Mansfield/ 31
Tópicos/ 33
Los dos John de una Pocahontas del Caribe Insular/ 37
Espectáculo en tres actos/ 45
Kiki, una pequeña historia/ 49
Incomunicación/ 59
Ausente quiere decir prohibido/ 61
Lorelei en el Latino/ 65
Intercalaciones/ 73

Otras publicaciones de la colección
Bovarismos

Noches de Obon
María José Rivera

Esta novela puede ser leída como un libro de viajes. Algo debe a los *road movies* del cine, pero sobre todo es un viaje interior y tremendo al fuego de la pasión y al horror de la venganza, con Barcelona, Marsella, Shanghai y Kioto como escenarios y Montecristo flotando sobre las aguas turbias de la irracionalidad. Es también un paseo nocturno por aquel Oriente que nunca atravesó el tamiz del pensamiento griego, con su animismo y su tao, sus miles de dioses y su culto a los ancestros. Con sus inquebrantables reglas sociales, en las que se siente el enorme peso de las tradiciones y de la familia. El Oriente mítico que no cuestiona la subordinación.

El rap de la morgue y otros cuentos
Claudia Amengual

Hay una palabra, y un sentimiento, que no podrá encontrar el lector en ninguna de las nueve historias que se narran en *El rap de la morgue y otros cuentos*: la clemencia. Y hay una certeza que cruza y enhebra sus personajes: la más seca derrota. No lo saben pero en su soledad son seres iluminados por la verdad, aunque es una verdad que tarda, una verdad que ilumina y mata. No es otro su destino, y no puede serlo, porque el miedo, la rutina y la hipocresía les atenazan. Todos ellos quieren huir, pero terminan siempre huyendo hacia adelante.

Amor Fou
Marta Sanz

En palabras de Isaac Rosa, "*Amour fou* es, ironía del título al margen, una novela de amor. El amor como posibilidad llena de trampas, el amor como dolor, como enfermedad y locura (...) Una historia de humillados y ofendidos, frente a felices que pretenden disfrutar gratis del amor, sustraerlo al mercado, como si amar no fuese otra forma de poder adquisitivo, de desigualdad".

Luisa en el país de la realidad
Claribel Alegría

Reeditado en múltiples ocasiones y durante varios años material de lectura en universidades norteamericanas, *Luisa en el país de la realidad* es, según palabras de la autora, "un libro de disgresiones, de realidad y de sueños. En mi itinerario poético es el libro que más quiero".

Tonada de un viejo amor
Mónica Lavín

Tonada de un viejo amor es la novela con la que Mónica Lavín inaugura su trayectoria en el género de largo aliento. Piedra de toque de quien tiempo después deslumbraría con *Yo, la peor*, novela que obtuvo en el 2010 el Premio Iberoamericano Elena Poniatowska. En palabras de la escritora Myriam Moscona en *Tonada...* "llama la atención el manejo del erotismo que trasciende las escenas en donde los cuerpos buscan encontrarse." (...) "Un destino encarnado en un pueblo imaginario, los años cuarenta y cincuenta en el norte de México".

El exilio de los asesinos y otras historias de amor
Mayra Santos Febres

EL EXILIO DE LOS
y otras historias de amor
ASESINOS

Mayra Santos-Febres

Los cuentos que componen *El exilio de los asesinos y otras historias de amor*, vienen cargados de toda la dureza que supone el sobrevivir, no ya en una tierra ajena, sino peor, en una realidad extraña y sin sentido. No hay en *El exilio…* finales felices, como en la vida casi nunca los hay. Los personajes van a la deriva, dando tumbos entre torpes decisiones y consecuencias anunciadas, previsibles. Es éste un libro como suele ser la vida, sin esperanzas, como no debería ser.

El trazo oculto
Graciela Rodríguez Alonso

La ciencia nos permite tomar las riendas y controlar la naturaleza, borrar las huellas del paso del tiempo, tener hijos casi a cualquier edad, aunque seamos estériles, sin necesidad de pareja. Esta es la historia de tres mujeres, Eva, Úrsula y Victoria, que harán lo que sea para ser madres, y de una hija, Cordelia, fruto de la adopción de un embrión congelado, que al descubrirlo emprenderá la búsqueda de su identidad.

Golpes de gracias
Yolanda Arroyo Pizarro

En los relatos que conforman Golpes de gracia, los personajes son seres marcados por traumas del pasado, a quienes los sigue atosigando un presente conflictivo; así como una realidad social incluso cruel, todo lo cual los conduce a traspasar los límites de esos principios morales trazados por un mundo que no da tregua. De este modo, los personajes de Arroyo Pizarro están también cargados de una notable dualidad, que los hace actuar de forma errática.

Maneras de vivir
Rosa Montero

Este libro es una recopilación de artículos que Rosa Montero ha escrito regularmente para el periódico El País en los últimos años. Agrupados bajo el título *Maneras de vivir*, los textos son, más que nada, una recopilación de vida. Y es que todos los temas son abordados desde el punto de vista más humano. Otra de las grandes virtudes de Montero consiste en el hecho de que su literatura se puede disfrutar en repetidas ocasiones, pues siempre encontraremos en sus páginas una belleza nueva. "Maneras de vivir es", entonces, un libro de colección para los amantes de la obra de esta escritora imprescindible.